Giulia Roselli

COMUNI
NORMALI

ILLUSTRATRICE
Marta Marsano

A chi sente di essere l'unica sigaretta spezzata
al mondo.

Quelle come me guardano avanti, anche se il cuore rimane sempre un passo indietro.

Alda Merini

Ho sempre pensato che la vita degli altri fosse proprio come la danno a vedere, e questo ha comunemente mortificato la mia. Esibiamo i nostri successi, indossiamo i vestiti della domenica tutti i giorni, mentre dentro ci sporchiamo di un amaro lento e disgustoso. Spesso guardiamo il mondo come verso chi nutriamo disprezzo, ma fingiamo di esserne innamorati come il primo giorno. Oggi più di sempre viene professata la bellezza di essere diversi, eppure il fascino più grande che abbiamo è quello di essere simili. Viviamo in corpi differenti, ragioniamo in modo dissimile e siamo in panni diversi, vite, case, possibilità, disponibilità e tasche a sé; ed è sempre stato questo a limitare gli esseri umani: il "sono diverso da te".

La diversità ha dato origine alla superiorità, alle divisioni, a consapevolezze sbagliate e pregiudizi troppo solidi da buttare giù, che nella vita apparentemente più moderna di oggi, si sono trasformati in macigni che ci slegano, che ci hanno fatto sentire così singolari da diventare indifferenti e noncuranti verso l'altro; tutto questo ci fa sentire troppo al centro di noi stessi e quasi ci costringe a difendere la nostra unicità da non riuscire a capire davvero che siamo fatti tutti della stessa sostanza, che abbiamo tutti quel cuore che a volte sembra uscire dal petto, quelle sensazioni che si sentono fitte nella pancia, quella testa pesante che non riesce a reggere più nulla, quella ferita che chissà dov'è, ma ti ci si affonda senza pietà, quella felicità che scoppia nel cuore e che dà aria ai polmoni, quella paura di fare forse troppi passi avanti.

Qui, non ci sono storie, non ci sono racconti, vite che si intrecciano, vicende d'amore appassionanti, fili logici da seguire, personaggi da odiare o di cui innamorarsi, posti familiari o gente di cui descrivere la forma del viso ed il colore dei capelli, non ci sono strade da nominare o personalità da costruire; ci sono solo parole e sensazioni, emozioni da ricondurre a qualcosa o forse anche qualcuno, ci sono nodi alla gola che scendono fino allo stomaco, ma che da lì in poi non sanno sciogliersi.

Spesse volte ci si sente distanti, si pensa di non essere tagliati per gli altri, di avere qualcosa in meno o molte volte, anche in più; poi se ci si ferma a guardare, se si schiudono gli occhi ci si rende conto, che abbiamo la stessa forma.

Siamo solo gente. Comuni.

Comuni normali.

Sai, non fa poi così tanto male.

Sento comunque l'aria fare il solletico ai polmoni, continuo ad alzarmi tutte le mattine e a vivere con la mia spina conficcata nel fianco in basso a destra; ormai non mi reca dolore, solo una sensazione di fastidio, come quando appoggi i piedi sporchi sulle lenzuola pulite, o quando non becchi la chiusura della zip, quando cade l'occhio su un cassetto chiuso male.

Credo sia comune, essere normali.

Quando sento quella conosciuta sensazione di vuoto, mi chiedo di cosa siano pieni gli altri, di cosa si dissetino. Quando guardo quella vita così povera e spoglia, mi domando come la gente trovi così semplice fingere di continuo, mi chiedo come facciano a recitare così bene, come riescano a vestirsi del loro stesso corpo ogni giorno, come facciano a sentire il loro stesso peso sulle gambe, e quei pensieri così pesanti e fastidiosi che spesso stancano la mente e rendono asfissiati gli animi.

L'interruttore a sinistra faceva illuminare le pareti sporche di ditate nel piano superiore, affianco al bagno; e quella luce così soffusa mi dava sempre un gran fastidio, un senso di malinconia.

Il mio masochismo mi ci faceva andare spesso, ed ogni volta mi sentivo un ammasso di sentimenti e pelle scaraventato su una delle quattro mura che un giorno avrei dovuto far ridipingere, ma che alla fine sono restate tra quelle buone intenzioni che tieni a mente, di cui poi rimane solo un senso di rimembranza.

Ho ancora addosso la percezione del mio corpo giovane, con quella pelle cucita senza false pieghe; quel corpo così immacolato, intatto; con il grembo vuoto di chi non ha avuto la vita nella vita; quella poca coscienza e conoscenza di noi stessi, quella che crediamo di avere e che poi nessuno ricerca davvero: avevo come l'impressione di non avere senso, luogo, ma solo immagine, ho pensato di riempire un mondo già saturo, di occupare spazi che non hanno necessità di essere riempiti; ma poi ho creduto fosse comune, sentirsi inadatti, forse sì, a volte importanti, ma certamente mai indispensabili.

Anche l'immaginazione sa dare emozioni e molte volte ho vissuto solo di quella. Forse ho mal educato la mia povera mente; le ho imposto aspettative troppo alte ed ormai non si arrende più, mi da filo da torcere anche nel sonno, quando credo di morire per un po'. Sono il mio stesso boicottaggio, non mi stanco mai di auto sabotarmi: crediamo costantemente che siano gli altri ad annodare l'un l'altro i lacci delle scarpe, quando poi, forse, siamo noi a non aver mai imparato a farlo.

A volte pensi che gli altri ti vogliano tanto quanto lo vuoi tu; diciamo di avere una grande affinità verso tutto quello per cui non varrebbe la pena averne. Ci esponiamo con tutti noi stessi, giochiamo a fare i salti mortali pur di farci amare ed è estremamente ridicolo, triste. Sarebbe infinitamente bello ed appagante; avremmo ciò che ci manca, il cuore pieno ed il rancore sotto i piedi. Non ti desiderano mai al tuo stesso modo.

C'avevo un silenzio pastoso mischiato al fumo nella bocca, nodi alla gola mai sciolti, discorsi poco coerenti, panni troppo stretti in cui mi sforzavo di entrare, persone troppo distanti e troppo poco tempo.

Avevo la brutta abitudine di stuzzicare le labbra, di afferrarle con noncuranza tra i denti, domandandomi se, avrei assaporato il sapore del sangue oppure no.

C'è chi mangia le unghie pensando che abbiano davvero un sapore, c'è chi prosciuga l'anima alle sigarette e spegne la loro vita con la punta della scarpa; chi si guarda costantemente allo specchio come si osserva il grande amore, chi tende al pessimismo, chi si rigira i capelli tra le dita, chi arriva in ritardo, chi vede nell'anticipo la puntualità, chi beve troppo caffè, chi si dimentica sempre di chiudere la macchina e di spegnere le luci in casa.

I vizi più terribili sono quelli verso cui si ha un senso di distrazione.

Era lì, a guardare un mozzicone di sigaretta per terra, in silenzio, al freddo, in penombra, aveva gli occhi rossi e un manto triste, la bocca schiusa, il cielo a terra e la terra sulla testa. Un uomo che piange è come una tazza che fa il caffè al posto della moca; le lacrime sulla barba hanno più sapore.

Piace a tutti respirare i colori dell'alba: si ha spesso la sensazione di essere toccati dalla frescura di settembre, anche se è appena sorto il sole di una mattina di agosto, una di quelle mattine che fa venire il mal di pancia, quello sano, quello che ti stringe le viscere ma non troppo, solo quanto basta per farti sentire pieno.

I modi di fare hanno un certo fascino; il tirarsi lenti giù dal letto la mattina presto, guardare gli occhi assonnati davanti allo specchio, quel modo di staccare il telefono dalla corrente, di tirare in su i capelli per lavare il viso e ciò che non va; quella maniera di allacciare facilmente le scarpe, di sbrigarsi, di scendere le scale come se si stesse per perdere il treno più importante di sempre.

Spesso mi sono trascinata lenta nelle cose verso cui ho sentito un senso di carico e responsabilità che non avrei voluto digerire, reggere e tollerare. Con tempo e stanchezza, ho imparato a fare solo ciò per cui ho sentito un senso di pienezza; rendere entusiasti gli altri spesso può essere struggente, le aspettative altrui sono quelle che mettono più pressione e paura: portarle a compimento come se fossero un dovere non ha mai fatto per me; gli altri non hanno mai fatto per me.

Frequentemente ci si sente fermi e svuotati; può succedere di non riuscire a sentire tutte le parti del proprio corpo, è proprio come abitare in una casa spoglia; è come se non ci fossimo, mentre gli altri vanno avanti, si emozionano, si ascoltano; tu, rimani tra una cosa non fatta ed una non detta, lì dove niente e nessuno è mai rimasto, in una solitudine tutta propria che ogni volta in cui cerchi di spiegarla, puntualmente gli altri sono troppo pieni della loro vita per darti ascolto.

Ho sempre pensato che potessi lasciarmi alle spalle tutto ciò che mi ha recato dolore o semplicemente disgusto; ed invece no.

Quando pensi di poter strappare le cose di dosso come si tirano via i vestiti la sera prima di andare a dormire, in realtà ti accorgi di essere vestito di tutto ciò che anche solo per poco, ti ha sfiorato, condizionato, fatto proprio. Niente va mai via; puoi suggestionare la tua memoria, ma non quella delle cose che non vorresti.

Dicono che siamo tutti quanti un pezzo unico, irripetibile; dicono che nessuno sarà mai come noi, ma alla fine siamo tutti fatti della stessa pelle; conosciamo le stesse emozioni, proviamo lo stesso dolore, sappiamo tutti cosa voglia dire essere lasciati soli; la conosciamo bene la notte fonda, la sabbia nelle scarpe e l'aria pungente di Dicembre, quella che si sente da sotto i vestiti; lo conosciamo quel senso di alienazione, la camera disordinata, il profumo delle lenzuola pulite, l'abbronzatura presa male, le persone che vanno e vengono, le cose fatte con poca cura, le buche piene d'acqua e le porte in faccia. La cosa più bella di noi, non è quella di essere noi stessi, ma quella di essere uguali agli altri.

Molte volte non ero felice per davvero. È frequente confondere un sorriso con una vita raggiante e spesso non è stata mia intenzione camuffare la mia essenza per non farmi fare domande o solo per non dare nell'occhio. Ho finto per non risultare debole, ho mentito per far credere agli altri che non è poi così male, essere me.

Tengo sempre a mente di non piangere davanti agli occhi asciutti della gente; questo perché qualcuno mi ha detto di non piangere mai e di vivere per fare rabbia.

Non avrei mai voluto essere la riserva, combattevo per essere la scelta, il primo pensiero; ma no, non è facile forzare le cose, cercare di farsi ricordare, di rendersi importanti, giocare da stratega, dire le parole giuste nel momento giusto, non sbagliare mai, provare a rendere tutto perfetto, tutto troppo distante da quello che in realtà ero, lontano dalla mia negligenza, dalla mia poca pazienza e dall'imbarazzo che mi piaceva confondere con l'inesperienza, che mi ha sempre fatta sentire legata.

Spesso la gente si pensa, e si, lo fa intensamente, ma chissà perché non se lo dice mai.

Siamo tutti strani noi esseri umani, daremmo anche l'anima per qualcuno, ma non diamo modo di farlo sapere. Chissà come facciamo a dividere le nostre strade, come chi per noi era tutto, diventa ciò per cui scappare. È strano come le cose finiscano, ed è proprio vero che i perché non si ricordano mai.

Non volevo altre mani, un altro viso, altri capelli disordinati, un'altra voce, altri occhi e lineamenti che ti incorniciavano il volto, altra pelle, altre spalle, altra fronte madida al mare sotto il sole, altre labbra che sembravano aver preso umidità durante una notte rugiadosa.

Non volevo che fossero altri a riempirmi le viscere e le giornate, a buttarmi addosso parole letali, altri occhi che mi si posassero addosso come quando appoggi con riguardo qualcosa che non è tuo.

Credo sia naturale, forse banale, reputare importante qualcuno che non sia stato scelto a caso.

Si ha paura delle cose nuove, di cambiare, di farsi vedere in maniera diversa, di cominciare a notarsi di più. Fare nuove esperienze è un po' come infilarsi sotto le coperte d'inverno; sono così gelide sulla pelle calda, eppure la mattina dopo sembrano essere braccia accoglienti da cui non ci si vorrebbe staccare.

Siamo così indolenti verso ciò che non conosciamo, che se le cose non ci succedessero per caso, allora non vivremmo mai davvero.

Ci sono cose che fanno male, cose che ci premono, pungono. Ci sono parole che a sentirle, senti dolore in qualche parte del corpo che non sai distinguere, un malessere generale; quel fastidio intenso che avverti quando tocchi con poca cura l'ombelico e che ti trascini nel basso ventre, quando inghiotti male, quando appoggi violentemente il piede malconcio, quando ti accorgi di troppe cose.

Era la mia intimità provvisoria, una meta incerta, una piccola storia, forse una cosa non sicura, forse non una colonna portante, ma pur sempre una storia.

 Non sarebbe stato per l'eterno, ma ciò che sa di poco, spesso è meglio di niente. Mi sono divertita ad un gioco in cui sapevo di non vincere, avevo trovato il mio passatempo senza sale, senza sapore. Forse con poca umiltà e discrezione, ho sentito il mio cuore avere un'eleganza maggiore della sua pelle; mi sono sentita troppo, in confronto al suo vivere così spoglio, che avevo fatto mio.

Essere attenti e distratti al tempo stesso è meno comune, ma estremamente normale.

Si ha lo sguardo attonito, stregato, ma gli occhi pieni, carichi, stipati, densi. Si annuisce, acconsente; ma non c'è attenzione ed impegno.

Si ascolta, ma si pensa ad altro; si getta qualche parola più o meno inerente, giusto per far finta di averci capito qualcosa.

È così, quando si sta malamente: la felicità degli altri non ti compete.

Chiudeva le palpebre e portava le mani agli occhi, come se potesse accennare un rifiuto, e le sue tasche fungevano da nascondiglio per le mani, quasi come un gesto di timidezza, senso di colpa, vergogna: le custodiva lì. Da seduto, aveva spesso i piedi puntati verso di me; ogni tanto giocava a fare avanti e indietro con il tallone a penzoloni, mentre la punta mi adulava il vestito.

Arriva un po' per tutti quel punto in cui si ha solo voglia di dire basta; quel momento in cui non va più bene niente, in cui nulla ci appaga, in cui nessuna cosa ha la forza di riempirci.

Avrei pagato con il sangue per riuscire a superare quel punto, quel momento, avrei potuto mettere il mondo a testa in giù, pur di cambiare tutto; ma ero ormai una casa edificata mattone dopo mattone, messa a punto; ero già arredata, riempita di cianfrusaglie messe a caso, giusto per saturarmi l'anima di cose inutili e avevo tende da chiudere all'occorrenza, per nascondermi sempre di più.

Ma i miei mobili avevano l'aria di essere stati urtati troppo spesso, accidentalmente, con la disavvedutezza di chi non guarda dove mette i piedi; le tende erano malconce e non facevano da filtro più a nulla ormai; prima o poi mi sarei veduta crollare addosso. Forse solo così avrei potuto raggiungere il punto oltre il mio momento.

Se la vita fosse una persona, probabilmente non mi ci innamorerei mai; è davvero troppo complicata, mi farebbe arrabbiare troppo spesso, non troveremmo mai un punto d'incontro: vorrei sempre avere ragione io, ma alla fine, si sarebbe fatto come avrebbe voluto lei.

Si fa sempre come desidera lei.

Innamorarsi della vita è davvero difficile, e conviverci sa essere pesante.

Però infondo, dovremmo approcciarci ai nostri amori proprio come facciamo con la nostra esistenza: riconosciamo si tratti di qualcosa di grande; più di noi, e dovremmo avere paura a farci i conti tutti i giorni, ma non le diciamo mai basta, non le chiediamo spazi e non ci rifiutiamo di respirarla: non avremmo di che innamorarci.

Ho imparato a guardare la gente quasi con un pizzico di compassione.

Ho capito che respiriamo tutti lo stesso ossigeno, che abbiamo gli stessi organi nel corpo e che seppur di colore diverso, abbiamo occhi da guardare, capelli da pettinare la mattina e pelle da coprire quando fa troppo freddo.

Non c'è nessuna corsa contro gli altri, siamo tutti al punto di partenza.

Non esiste chi ha più denaro di chi, saremo tutti felicemente poveri quando non avremo una vita in cui spendere vizi.

Non c'è nessuna differenza, siamo tutti meravigliosamente difficoltosi.

Siamo soltanto panni da indossare; abbiamo tagli diversi, ma siamo pur sempre panni.

Avrei voluto abitarti un altro po'; ma non ho più trovato le chiavi per entrarti dentro.

Perdiamo un po' di consistenza quando tutto volge a finire.

Reggiamo solo fino alle ultime luci del giorno, il resto è solo un timido provarci.

I negozi che chiudono, le luci dei lampioni e quelle fioche nelle case che danno sulla strada; provocano sempre un senso di tramonto.

Ho sempre avuto l'empatica sfortuna di chi ha un essere troppo sottile e largamente di spessore.

Sento troppo le interiora degli altri, e vedo un modo esatto di stare al mondo, nelle persone come me.

Decrittare gli altri è come alzare troppo il gomito: un vizio, bevi anche quando non ti va.

Non è come non farsi gli affari propri, è piuttosto un far sì che gli altri sentano di potersi accasciare s'una spalla conciliante ed arrendevole.

Quelli come noi, sono inclini al duttile.

Non gli sorrisero gli occhi, né le labbra; non gli si esaltarono gli zigomi e non accennò alcun segno d'espressione, alcuna rugosità.

Gli si scavarono solo gli angoli della bocca, come fossero due fossette infantili, che diventarono il mio enorme baratro, il mio abisso meraviglioso; mi si aprì una voragine incolmabile proprio lì, prova a toccare, nella bocca dello stomaco.

Quando la banalità è passata dall'essere molto diffusa, al risultare priva di originalità, è nata l'estrosità più stomachevole e dissimulatrice.

Sa dare tanto fastidio entrare in macchina, ed accorgersi di aver dimenticato le chiavi, toccare la stoffa con le mani umide, apparecchiare tavola con forchetta e coltello quando in realtà serviva il cucchiaio, ripescare le ciabatte da sotto il letto la mattina, sul pavimento freddo; sa dare fastidio non trovare più le cose, perdere il filo del discorso, sentirsi urlare qualcosa nell'orecchio quando c'è baccano.

Sanno dare fastidio, le piccole cose.

Dovremmo cederci l'un l'altro senza troppe peripezie.

Mi hanno sempre chiesto fiducia; mi hanno sempre detto che senza, i rapporti non vanno, che non si può andare avanti e che tutto perde senso.

Forse non hanno mai ben inteso, che la fiducia vive una volta sola.

Deluderemo sempre, perché non siamo infallibili, perché siamo fatti di cuore e anima, perché saremo troppo distratti ed egoisti a volte.

Deluderemo, perché ci faremo influenzare dai pensieri degli altri, perché non ci basteremo mai. Deluderemo perché spesso sceglieremo di metterci al primo posto lasciando indietro tutto e tutti; verremo meno alle aspettative, alle speranze altrui.

Non ci si arrende mai, semplicemente si impara a lottare per altro.

Non sempre le battaglie non intraprese sono mancanza di coraggio, potrebbero solo essere assenza di interesse, trasporto.

Ci tiriamo l'un l'altro, scegliamo verso cui tendere, verso chi sentire quel senso di protezione che ti invade sotto la pelle; verso cosa provare gelosia e tormento.

Quando non vogliamo fino in fondo qualcosa, il nostro corpo lo sente e blocca ogni gesto, ogni parola di troppo, ogni possibilità. Siamo noi a forzare le cose, ad irrigidire gli animi, fiaccare gli arti pesanti. Siamo noi a darci quel senso di noia e vuoto, quel malcontento pressante.

Non buttiamo via le brutte sensazioni. Siamo sempre così aperti verso ciò che ci fa stare bene che ci dimentichiamo quanto sia fermo e caldo, stare male.

Il malessere è un senso accomodante e morbido; si modella ad ogni forma di pensiero e tazza di tè: scacciarlo via acuisce il fastidio, andrebbe fatto accomodare lento, andrebbe conosciuto e dovrebbe fare meno paura della felicità.

Il silenzio, il rumoreggiare del frigo in cucina, la maniglia della porta, il cassetto chiuso piano, la pelle che strofina sulla pelle, il rumore freddo del cucchiaino che disordina il caffè nella tazzina, il suono gonfio delle tapparelle, l'orologio stanco, i capelli bagnati che toccano le spalle, la cute stropicciata di dolenza quando hai la febbre, l'inatteso; lo senti di più se boicotti il senso della vista.

Abbiamo sempre la pesante necessità di giudicare, opinare, classificare.

Ci pronunciamo su ciò che non ci va, ed esprimiamo pareri per il semplice gusto di farci sentire; poi con il tempo le cose cambiano, cambiano sempre.

Spesso con macchia e soggezione, sono diventata quello che ho giudicato; mi sono accomodata assieme a ciò che non avrei mai potuto pensare di concepire e mi sono plasmata alle cose che ho sempre reputato inadatte.

E così che succede: si crede di essere qualcuno ed in realtà si finisce per occupare posti che non avresti mai pensato.

Non sempre tornare a casa sa essere caldo ed accogliente.

Io ho in testa le scale stancanti e lente, le chiavi che strusciano pesanti sul portone, le stanze piene.

Non necessariamente, quello che chiamiamo casa sa farci da tetto; spesso non avere nulla sulla testa ti fa sentire dentro un letto per dormire, un tavolo per mangiare e verande comode in cui fumare il freddo.

Ci sono cose che aspetti, che non ti aspetti; come ci sono cose che non aspetti e che poi t'spettano.

Stanno lì, in silenzio e ti si avvicinano quatte quatte, arrivano attente dietro alle tue spalle e ti coprono gli occhi con le mani; giocano a farsi riconoscere, me tu quelle mani non le distingui mai.

Ti invadono veloci.

Il distributore automatico in fondo alla strada, accanto a quel bar
aperto da poco, sapeva di ditate sporche e spiccioli rubati.
Quante volte ci siamo andati la notte, a respirare fumo e freddo
pungente, con le mani nelle tasche del cappotto, lì dov'è facile
trovare l'ultima caramella del pacchetto e scontrini sbiaditi, dal
viso smorto; dove alzando un po' la voce, ti sembrava di riempire
un paese e di sentire un grande senso di familiarità addosso,
proprio come se ogni pezzo d'asfalto fosse tuo.

Gli altri, sono le nostre occasioni, i nostri treni, il nostro volo trovato all'ultimo; noi, siamo i loro passeggeri, le loro valigie piene.

Perdere le persone che ti stanno nell'anima, è un po' come saltare un viaggio; la gente sa essere posti nuovi in cui poter entrare; ci sono pelli in cui puoi vivere, toraci in cui rannicchiarti, pezzi di ossa che puoi sentire tuoi.

Ci sono vite in cui, puoi starci dentro.

Eravamo il nostro posacenere; appena bruciavo gli ci cadevo

addosso, appena bruciava, baciavo la polvere.

È così che si fa; ci si raccoglie da terra, anche quando si è

inservibili granelli.

Avremo il coraggio di essere noi; sempre nella stessa carne, con gli stessi occhi e difetti, medesimi andamenti e mancanze, uguali rancori e dosi di felicità. Saremo lo stesso piatto da servire in tavola, gli stessi manichini su cui appoggiare i vestiti, le stesse bocche dolenti.

Sempre noi stessi, fino alla fine del tempo.

Forse è per questo che la convivenza con la propria immagine è spesso difficile, ma che rimane comunque l'unica possibilità.

La prima cosa che vedo in una persona, sono le cose comuni; quelle così consanguinee da farti sentire in sintonia anche con chi non conosci, con chi non hai legami, particolari abitudini o ricordi.

È questa l'empatia: farsi spazio nelle sensazioni altrui e sentirle spintonarti l'anima, finché non ti raggiungono.

A rilento, ho trovato la risolutezza di piantarmi davanti alla porta di casa, metodicamente vestita, dissimulata dal trucco e di dire, arresa e piegata: "oggi no".

Con una velata presunzione ho sperimentato la voluta assenza; ho iniziato a non farmi sentire troppo spesso, a non compiere tutto come se fosse un obbligo, dovere, costrizione, vincolo; come fosse qualcosa che mi spettasse, che toccasse a me.

Spesso immaginiamo debiti morali che non esistono.

Ne vediamo troppe, lì, nell'angolo più nascosto dello specchio, dietro ad ogni linea disegnata con poca cura ed attenzione: le pecche.

Si pensa che siano solo sul nostro viso, nei nostri jeans dell'anno scorso e nel vestito comprato ieri.

Non solo i propri specchi hanno dei difetti.

Aveva indumenti sempre minuziosamente stirati, i capelli fonati al loro posto, le mani curate, i denti allineati e bianchi, la pelle di quando si hanno circa due anni e mezzo, le dita ricoperte d'argento, gli occhi sempre malpensanti, artificiosi.

Avrei pagato con l'essere, per avere quella misura; quei vestiti senza pieghe.

Spesse volte si rimane zitti, non ci si esprime, ma ci si guarda da volto a volto, da occhi ad occhi.

Non parlare non significa necessariamente non pensare nulla; nel tacere ci sono le parole pensate, quelle che non hanno bisogno di voce ed espressione, quelle che non escono dalla bocca, che non hanno bisogno di filtri o analisi.

Chi ha tutto nella testa non è indolente, si limita soltanto a non fare rumore; perché ascoltare qualcosa fa meno paura dell'origliare il silenzio.

Facilmente non è una questione di invidia, mancanza d'amore verso gli altri; è solo che gli occhi guardano ciò che hanno intorno e non quello che hanno dentro.

Quando gli altri sono tutto quello che hai perso, diventano tutto ciò che vorresti essere.

Si vive di una felicità fatta a mano; li cuciamo su misura i nostri momenti malconci dove a furia di far finta di stare bene davvero, finiamo per crederci come se fosse la verità.

Scivoliamo troppo spesso in sensazioni che non ci appartengono e cadiamo molteplici volte su spalle che non ci reggerebbero mai.

Ci sono battaglie non nostre, che combattiamo molto più facilmente delle proprie. Gli orrori degli altri fanno sempre meno paura; forse perché le ferite non lacerano le nostre pareti. L'esistenza altrui è la più semplice, la meno ripida.

Li vorremmo tanto indossare quei panni non nostri; forse se così facessimo noteremmo quanto siano disfatti, malandati, guasti. La verità è che sbagliando, non conosciamo gente più triste di noi.

Io me ne andrei.

Andrei via dai fastidi; dal letto pieno di briciole, dal latte troppo freddo l'inverno, dai cassetti in disordine, dalle serrature vecchie. Si dovrebbe andare via.

Dovresti andare via; dalla pelle appiccicata alla tua, dai respiri troppo corti, dal getto afoso della doccia in estate: da ciò che ti opprime.

Ci vuole coraggio, ma bisogna allacciare le scarpe.

Ho letto che la saggezza rende timidi e che la fortuna accompagna gli audaci.

Forse abbiamo giocato troppe volte a fare i giudiziosi; così tante da aver perso tutta quell'audacia di cui ogni vita dovrebbe essere satura; a rendersi troppo cauti ci si scotta di più.

Si soffre maggiormente se ci si costringe a vivere chiusi, soli, in una scatola di cartone.

Era una sensazione strana e poco abituale.

Quando tutto si prepara a morire, verso sera, a lampioni accesi, con quel cielo blu oltremare troppo spento; quando l'asfalto emana poca afa, e la panchina in fondo a sinistra raffresca la pelle quando ti ci siedi.

Ci scegliamo, lo facciamo in continuazione; è come se ci fosse una sorta di selezione naturale fra chi resta e chi prende le chiavi della macchina. Distinguiamo le nostre confidenze e le facciamo aderire ai nostri giorni; viversi è un po' come bere dallo stesso bicchiere senza cercare un posto in cui altre labbra non si siano poggiate: è andarsi bene senza vergogna.

Era lì a dormire, con ancora i vestiti addosso, la maglietta stropicciata in una posizione malcapitata e scomoda; le scarpe stanche, che ancora gli sfioravano le caviglie, il sonno profondo scandito da quel respiro così pesante e lento da definire il tempo, le braccia cadute a caso sulle lenzuola. Mi sento spesso intrappolata in quel momento pieno di accortezze, senza sfilargli le coperte da sotto le gambe ferme; mi sembra sempre di porci quell'attenzione metodica, silenziosa. Cammino ancora in punta di piedi, come quella volta, come quando, c'è chi si è addormentato prima di te.

Siamo troppo abituati: alle tavole piene ed i bicchieri anche, alle persone importanti e a quelle meno fondamentali pure, abbiamo troppe cose davanti agli occhi; troppo intorno, così tanto da non vedere niente. È tutto così in bella vista e tremendamente al buio.

Non vediamo mai quello che abbiamo.

Siamo tali e quali.

Toccare nel corpo non è come toccare nella mente.

Ci sono cose che non dimentichi per giorni, che trascini piacevolmente in cucina per preparare la colazione, nel bagno davanti allo specchio e fuori in mezzo alla gente; momenti che sanno prepotentemente occuparti i pensieri senza particolari permessi.

Ma ci sono cose, che riesci a portare negli occhi impiastricciati dal sonno, che conservi nella pelle da cui non puoi uscire, che gravano sullo sterno: solo quelle ti percuotono davvero.

Era una sorta di sensazione dolceamara, quella che si avverte in un momento pieno, colmo di bellezza e calda frescura sotto la camicia poco aderente sulla pancia e poco gelosa dei fianchi.

Aveva quella strana ed improponibile bellezza di chi continua ad essere gentile; di chi non riesce a definire la propria esistenza, di chi è provato dagli eventi e di chi non ne può più, di chi vorrebbe far durare un battito di ciglia un'intera vita; di chi assaggia solo caffè amaro, ma continua a posare educatamente chicchera e piattino con l'amarore sulla lingua.

Siamo il nostro stesso passaporto.

I nostri modi di fare, le espressioni più frequenti, i vestiti che indossiamo insieme alla pelle, la faccia che ci tradisce.

Forse non è poi così sbagliato farsi conoscere e notare, mettere in mostra i dettagli, esibire il proprio essere, anche se forse, sarebbe meglio lasciarsi immaginare: magari sono proprio così le belle persone, quelle che ti sorprendono, che ti legano e che si fanno amare a squarciacuore.

Ci si raccoglie da soli.

Non servono necessariamente altre mani; sappiamo bene dove rimettere a posto i pezzi del nostro corpo e sappiamo anche quando non vogliamo che siano rimessi lì dove devono.

Ci sono persone che non passano mai; quelle che ti insegnano che non c'è bisogno d'essere faccia a faccia per guardarsi, che non serve interpellarsi tutti i giorni per sentirsi davvero; che possono passare gli anni ma è come se si fosse restati fermi, che si può rimanere anche di spalle, se serve a mantenersi caldi.

Certe cose succedono e basta, ti vengono incontro quando hai consumato le suole, quando fa tutto così tanto male che non puoi muovere un passo; come alcune persone capitano proprio nel momento in cui ti si ferma il mondo e non sai più da che parte girare.

Abbiamo tutti la nostra bustina di tè.

Quella che colora la nostra acqua, dentro ad una tazza mal ridotta e vecchia, stanca di labbra assonnate al sapore di mattina presto.

Abbiamo tutti, quegli occhi che, sanno guardare le nostre facce serie e l'umore nero; come la pioggia detestabile appena svegli.

Si ama anche senza permesso.

Non riscaldava mai la pasta del giorno prima e faceva sempre colazione con ancora l'accappatoio bianco ed umido addosso; premeva forse troppo forte la penna sul foglio, e odiava il doppio nodo alle scarpe, amava i posti poco affollati e le porte socchiuse, girava troppo poco il mondo ma aveva il coraggio di vederlo a colori; non guardava mai l'orologio, cenava quando era ora di pranzo e andava a dormire senza mettere la sveglia.

Tutte le pareti hanno sentito grida e parole amare, tutti gli specchi hanno visto sorrisi e corpi disattenti; tutte le scale sono state percorse con velocità e noncuranza, ogni bicchiere ha avuto la sua acqua ed ogni cassetto i suoi vestiti; qualunque doccia ha buttato via pensieri e ogni cuscino li ha resi indietro, chiunque ha perso un po' di quel tempo che vale ossigeno insieme all'anello sfuggente s'un dito poco slargo.

Le cose, ditele.

C'è chi infila prima la maglietta dei pantaloni, chi prima i pantaloni e poi la maglietta, chi prima la scarpa destra, poi la sinistra, chi come capita; chi butta i vestiti sulla stessa sedia, chi li piega metodicamente, chi beve acqua liscia, chi no; c'è chi filtra le parole e chi le butta lì dove capitano, chi apre le porte, chi vive nel proprio metro quadro di insicurezza, chi mangia troppo veloce, chi lascia tutto nel piatto: la diversità sta nei modi, l'uguaglianza sta nelle cose per cui ne esistono i modi.

Era rimasta così, come la cameretta diciassettenne in cui rientri quando sei dai tuoi, come quelle vecchie mode che andavano da matti e che ora non vanno più, come le foto nascoste in una scatola, come i diari che sanno di frivolezze e cose che non contano; come il tempo di cui hanno paura tutti, come il normale timore di perdersi, come il banale terrore di andare avanti, come la comune voglia di non far passare più le ore, di non far passare vita.

"A pelle", è la sensazione migliore.

A pelle, sono le parole che non hanno inventato, i gesti che non sanno dire nulla, le percezioni che non riesci a condividere.

A pelle, iniziano le cose più belle, si vedono i primi difetti, si hanno i primi indizi.

A pelle, è già una mezza verità.

Siamo i marciapiedi troppo piccoli, la luna storta e la voglia a terra, siamo parole di circostanza e giornate senza senso, siamo le ore nel letto e quelle in metro, siamo ambizioni che crediamo troppo grandi e il presente che non avremmo mai pensato, siamo il risultato di tutti i rimpianti e del rimordere della coscienza, siamo i discorsi di troppo e la nostra stessa quotidianità. Siamo quello che abbiamo scelto e ciò che hanno scelto di farci essere, nostro malgrado o meno; siamo quello che per noi hanno sperato e tutto ciò che noi non avremmo mai voluto per noi stessi.

Siamo il risultato di così tante piccole cose, che è così bello scovare quelle in comune.

Era una sala d'aspetto piccola e pesante, con una luce così ammaccata da spingerti a sederti sulla prima poltrona; qualche quadro senza senso, con più confusione di quella che avevo addosso, le tende troppo decorate sulle finestre che davano sulla strada maltenuta. Dopo, una porta non troppo piccola che ha dato larga voce alle mie parole, di fronte a quella scrivania così colma di libri, fogli sparsi, agende sature d'inchiostro. Lei, aveva maledettamente l'aria condizionata accesa tutte le volte, e ad ognuna di queste ho sentenziato di non avere freddo. I suoi capelli erano neri e la sua figura esile.

Mi sono spesso chiesta come facesse a vivere senza farsi sopraffare dalle informazioni che gravano nella sua memoria, è così da matti ascoltare tutte quelle menti senza esserne rapiti. Non volevo catturare la sua attenzione, né che lei la cercasse, ma poi ho pensato che capita a tutti, di sentire la testa troppo pesante e bisogno d'aiuto.

Conosciamo fino in fondo quel senso di insoddisfazione e sarebbe bene non negarlo al proprio corpo. Abbiamo spesso pensato che non ci fosse il giusto tempo per ognuno di noi, un posto, una banale occasione. Ci si chiede spesso perché siamo sempre noi quell' "io no".

C'è chi ha quel cuore in più, quelle mani così accoglienti e capaci, quegli occhi pratici ed accorti, quelle espressioni del viso così oculate ed abili che sanno prenderti nel punto esatto in cui ti sei perso. C'è sempre chi ha quella cura in più, chi pesa le parole e chi ingoia le pillole amare degli altri. Probabilmente sono queste le persone verso cui tendere, quelle di cui tutti hanno bisogno.

Siamo sempre quelli corretti, onesti e coerenti; quelli buoni, senza filtri, quelli che non tradirebbero mai, che non sanno mentire o fare sgarbi; quelli che non salverebbero mai la propria pelle prima di quella di chi amano; e poi ci riscopriamo vuoti e macchiati di falsità, facciamo cose di cui non ci si credeva capaci, sentiamo quella singolarità, svanire piano piano, ed iniziamo ad avvertire ogni promessa infranta, che vorremmo guardarci con uno sguardo così bieco, da prendere a pallottole una qualche parte dell'anima.

Non ci mettono molto ad ucciderti l'anima, bastano parole pungenti come lame e gesti che non avresti sognato neanche la notte, sul tuo cuscino di proiettili che ti trafiggono il cranio nel sonno: è per questo che, non donarsi completamente agli altri e tenere pezzi sempre più grandi per sé, può essere considerata legittima difesa.

Ci sono cose che non si scelgono, strade che o vengono intraprese, oppure ti fanno tornare al punto di partenza; ci sono cose che risparmieresti al tuo corpo, alla carne dolente, ma che poi ti costringi a fare. Sì, è proprio ciò che non vuoi, a cambiarti il volto.

Quando il traguardo diventa il punto di partenza, quando non si è più nulla, quando non si ha un posto, ci si sente come pieni d'acqua; ci cadono dento le emozioni più vive e noi le sentiamo addentrarsi a passi felpati, a rilento, forse troppo tardi: quando si è davvero giù, diventa tutto troppo ovattato e poco chiaro, per essere ascoltato davvero.

Controluce.

Controluce si vedono i difetti più timidi, quelli da veri intenditori; controluce si vedono i granelli di polvere nati nel giro di una notte, si vedono gli errori, quello che ci mangia dentro.

Controluce, si vedono le ditate sugli specchi e le impronte d'acqua sul pavimento quando fuori piove l'autunno più opprimente, si vedono le differenze di colore, le discromie sul viso, i passi più lunghi della gamba e le cicatrici più gravi delle lesioni. Controluce, con le gambe divaricate, seduti sul divano, con la schiena poco dritta, comoda ed i gomiti sulle ginocchia, si conosce silenziosamente, la vita della gente.

I veri aiuti arrivano davvero solo quando ne hai bisogno, proprio quando si avverte il terrore nelle gambe, ci si sente sollevare, al culmine. Credo che non ci sia nessun fondo da toccare, nessun punto più basso da cui risalire, penso che non si cada mai: c'è sempre qualcosa che ti afferra in tempo.

Che poi, basta solo porci attenzione per vedere ogni minuzia, così trascurabile da diventare motivo di interesse, quel mezzo sorriso così sconsolato da renderci complici, qual dolore comune che facciamo nostro con poca fatica, perché troppo familiare da ignorare.

Siamo ancóra quelli. Tutti quanti.

Quelli con le mani piccole e goffe, quelli che cadono sempre sulle ginocchia ed attutiscono ogni botta con le mani graffiate, quelli che perdono il senso della fame davanti al gioco, quelli che ogni anno recitano la poesia di Natale sulla sedia in cucina, siamo ancora quelli a cui vengono dette le bugie, quelli troppo piccoli ed inesperti per poter capire, quelli che fanno mille domande, ma non ricevono validi perché: saremo sempre quelle che piangeranno per i no e che preferiranno sempre caramelle colorate, agli sciroppi amari.

Ci costringiamo ad aspettare, spremiamo cenere su cenere, raccogliamo fiaccamente ciò che rimane, in mani d'acqua e poco sicure. Ci costringiamo fino alla fine, finché è caldo, caldo quanto basta; finché c'è niente.

Dietro ad un'occhiata non c'è per forza malizia, davanti ad un saluto non c'è sempre interesse; dentro l'interesse non c'è necessariamente sentimento. È questo ciò che mi ripeto sempre, come fosse un motto da non dimenticare, come se il nulla mi dovesse bastare, come se aspettandomi il vuoto, piombasse ogni desiderio. È questo ciò che facciamo, teniamo le mani avanti, come lastre di ghiaccio che alla fine sciogliamo sempre, leccandoci le ferite più calde.

Poi hai lasciato quel rumore così fastidioso alle spalle, hai acceso quella sigaretta che ad ogni tiro, si prosciugava di te; poi l'hai gettata via come se non ti avesse fatto bene all'anima, non hai neanche pensato di toglierle il respiro con la punta della scarpa: ci importa sempre troppo poco delle cose usate, delle cose finite, vuote, consumate.

Brutti eh, i ricordi.

Ci sono profumi che non puoi più sentire, inalare, fino all'ultimo strato di cuore; ci sono posti in cui non puoi tornare, dove non sai mettere piede; parole che ti caricano su un treno che corre indietro, in stazioni che non sono più tue; ci sono persone, che a guardarle da lontano, le senti addosso.

L'ho notato nelle docce calde, la mattina.

Acqua che ruzzala giù da ogni dove; parte dalla testa, perde l'equilibrio sul collo, tocca le spalle ancora addormentate, scorre sulla schiena e da lì, cade via; mette un piede in fallo.

E come se nulla fosse successo, ti lascia, ti abbandona e sparisce.

È colma d'incuria e menefreghismo, ti sfiora dove non può e senza rancore, senza tristezza ed amore, scappa veloce.

Facciamo l'amore con l'acqua ogni mattina.

Fare le valigie.

I maglioni, le scarpe, le magliette, lo spazzolino che si inculca a caso, qualche minuto prima di andare via; la spazzola, il pigiama, il bagnoschiuma, il cappotto pesante, che forse, è meglio se lo tieni addosso. Poi ancóra i calzini, il dentifricio e lo shampoo. Poi solo lacrime di quel profumo che ami tanto, felpe che non sai più se sono tue e tanti di quei sorrisi amari, perché spesso non andiamo via da niente, perché spesso, ad andare via, non siamo noi.

Era mancino, e sapeva fare il solletico alla carta come un destro, non sapeva fare.

Ordinava i libri per colore; strano, come ne accarezzasse il dorso, spesso intatto e ben tenuto. Aveva il viso addolcito dal sonno, che forse era solo tristezza, che sul volto disegna stanchezza e senso di mistero, allattato da occhi intimi. Quelli che tutti quanti, abbiamo un po'.

Erano occhi di quarzo: quarzo ialino, che bagnava parole su parole.

È davanti a certi volti, a certi lineamenti che ci si rende conto di come cambiano le ciance, come sembrano costumati alcuni discorsi, se detti da bocche persuasive e trascinanti.

Sapore acido, i rimpianti; ci fanno mandare giù sorsi astiosi.

È proprio quando si fa scorrere in gola quel senso spoglio, che ci si accorge di quanto sarebbe largamente più bello mordersi la carne al sapore di rammarico.

Forse sì.

Sarebbe più bello, avere paura.

Abbiamo sempre quell'obiettivo in più da raggiungere, quel fine ultimo di chi trama qualcosa, di chi ha qualcuno da afferrare; è come tirare in su i capelli e legarli più o meno stretti; li si scioglie quando non si ha più nulla da macchinare.

Sapeva di cose romanzate, di chi la sera beve e mangia latte e biscotti al posto della cena, nel freddo agghiacciante di gennaio, che sapeva diventare caldo, nelle quattro mura di casa; calde, come latte e biscotti.

Sono aghi dietro le palpebre, che pungono fino a sforacchiare gli occhi e far uscire lacrime cocenti, lacrime annacquate di tristezza e pigrizia che scendono fino alla bocca, che sanno di sale, che sanno dissetare.

Ci eludiamo, ci facciamo spazio con gli occhi lucidi che hanno imparato a trattenersi, la matita sanguigna sulle gote per il troppo affanno, perché tutto, sa essere troppo. La pelle che scivola sulla pelle, le parole a fiato corto, le cose dette giusto in tempo; carne poco cotta che mastichiamo e mandiamo giù crudelmente; quando combattiamo tanto, il dolore non è dolore: solo un fastidio simile.

Come sanno essere uguali, tutti questi finti diversi.

RINGRAZIAMENTI

La cosa più bella della scrittura è la possibilità di mettere in ordine pezzi di carta volanti che non hanno cassetti o pagine in cui essere metodicamente riposti; è per questo che è diventata la mia più fiduciosa confidente; la sola, nelle cui mani, ci metterei la vita: infondo, di chi fidarsi, se non di chi non ha una bocca per tradirti?

Ecco, nessuna parola, in questo libro, avrebbe avuto luogo se non fosse stato per ognuno di voi che ha scelto di leggermi; siete stati la mia ispirazione, i miei aforismi. Grazie, a chi ho avuto l'occasione di conoscere, a chi mi ha fatto notare quanto, forse spesso banalmente, riusciamo ad essere la stessa cosa. Grazie a chi mi supporta ogni giorno, alla mia famiglia, ai miei amici, a chi non ho saputo dare un nome. Un grazie speciale a persone gentili, disponibili, professionali e di cuore come Marta, la quale ha scrupolosamente realizzato le vesti di ciò che avete tra le mani, dando un volto alle mie parole, concretizzando la copertina di questo libro.

Infine, ma non per importanza, un grazie sentito alla mia nicchia, che ha ospitato il mio battere e ribattere sulla tastiera e ad i miei caffè in ghiaccio tra una similitudine e l'altra.

INDICE